Linda Chapman

Sternenfohlen
Der Einhornprinz

KOSMOS

Für Jemima Young.

Umschlaggestaltung von Carmen Oberzaucher, Wien,
unter Verwendung einer Illustration von Carolin Ina Schröter.
Innenillustrationen von Carolin Ina Schröter, Berlin.
Aus dem Englischen übersetzt von Ursula Rasch.

Titel der englischen Originalausgabe:
Linda Chapman: Unicorn School – The Surprise Party

First published by Penguin Group, Puffin Books, London 2007.

„Sternenfohlen – Der Einhornprinz" ist der 2. Band der Reihe.
Außerdem ist bereits erschienen:
Band 1: „Sternenfohlen – In der Einhornschule",
ISBN: 978-3-440-11357-8

1. Auflage

ISBN 978-3-440-11358-5

Redaktion: Karina Dick, Ina Lutterbüse
Produktion: Angela List
Satz: DOPPELPUNKT Auch & Grätzbach GbR, Stuttgart
Printed in the Czech Republic / Imprimé en République tchèque

1

Wolke trabte über die Wiese auf das Zauberfeld zu. Sie wollte nicht zu spät zum Unterricht kommen. Der Himmel war blau, und ihr goldenes Horn funkelte im Sonnenlicht. In einiger Entfernung entdeckte sie Saphira, eine ihrer besten Freundinnen.

„Saphira! Warte auf mich!“, rief Wolke.

Saphira drehte sich um. Sie war ein ausgesprochen hübsches Einhorn. Ihre Mähne und ihr Schweif reichten fast bis zum Boden. Sie hatte ein schlankes, silbernes Horn und große Augen mit langen, dunklen Wimpern.

Wolke galoppierte zu ihr und begrüßte sie. „Hi!“

„Hallo!“, murmelte Saphira.

Wolke war erstaunt. Ihre Freundin wirkte so traurig. „Alles in Ordnung?“

Saphira erwiderte zwar: „Ja.“ Aber in ihrer Stimme klang eindeutig ein Seufzer mit. Außerdem hatte sie ihre Ohren nicht wie sonst immer fröhlich gespitzt. „Ich habe ein bisschen Heimweh“, gab sie zu.

Wolke stupste sie sanft mit der Nase an. Alle Einhörner in Arkadia kamen mit sieben Jahren ins Internat. Dort lernten sie, ihre magischen Kräfte richtig zu gebrauchen. Wolke und Saphira waren vor einem Monat in die Schule gekommen. Auch Wolke vermisste ihre Mutter, ihren Vater und ihre beiden älteren Brüder. Doch sie ging so gerne in die Einhornschule, dass sie nie lange Heimweh hatte. Saphira aber war anders. Es gab Tage, an denen sie unbedingt bei ihren sechs Brüdern und Schwestern daheim sein wollte.

„Ich hab gerade an meinen Geburtstag nächsten Sonntag gedacht“, erklärte sie. „Es wird schrecklich ungewohnt sein, diesen Tag nicht zu Hause zu verbringen. Wenn bei uns jemand Geburtstag hat, dann veranstalten die anderen etwas ganz Besonderes für ihn! Jeder führt Zauberkunststücke vor, und es gibt eine große Geburtstagstorte. Das ist immer ein Riesenspaß.“ Sie schüttelte den Kopf. „Mach dir keine Sorgen, Wolke. Mein Geburtstag wird bestimmt sehr schön. Los jetzt! Wenn wir uns nicht beeilen, kommen wir zu spät in die Zauberstunde.“ Sie sauste los, und Wolke hatte das Gefühl, als ob sie nicht mehr darüber reden wollte.

Wolke galoppierte neben ihr. Sie fand die Vorstellung schrecklich, dass Saphira an ihrem Geburtstag traurig sein könnte. ‚Wenn ich nur etwas dagegen tun könnte‘, dachte sie. ‚Aber was?‘

Sturmwind und Mondstrahl, die besten Freunde von Wolke und Saphira, waren bereits bei den anderen Erstklässlern auf dem Zauberfeld. Alle Schüler in der Einhornschule gehörten zu einem der vier Häuser: Regenbogenhaus, Sternenhaus, Mondhaus und Sonnenhaus. Sturmwind, Mondstrahl, Wolke und Saphira waren im Regenbogenhaus. Sie waren beim Essen zusammen und schliefen im selben Stall. Den Unterricht besuchten sie mit allen Erstklässlern, auch mit denen aus den anderen drei Häusern.

„Hi!“, wieherte Sturmwind, als Wolke und Saphira im leichten Galopp zu ihm kamen. Er war ein großes Einhorn mit einem perlmuttfarbenen Horn und einer geraden Nase. Mähne und Schweif waren dicht und dunkel. Wolke, die für ihre sieben Jahre sehr klein war, wirkte neben ihm winzig.

„Habt ihr gehört, dass wir heute einen

neuen Zauber ausprobieren?“, fragte Mondstrahl, ein gut aussehendes, sportliches Einhorn. „Wenn man im Besitz dieses Zaubers ist, fühlt man sich ganz mutig.“

„Das wird bestimmt toll“, sagte Wolke. Sie sah Saphira an, aber die war tief in Gedanken versunken. Wolke fragte sich, ob sie immer noch über ihren Geburtstag nachdachte.

‚Vielleicht können Mondstrahl und Sturmwind mir helfen. Gemeinsam könnten wir uns etwas für ihren Geburtstag ausdenken.‘

In diesem Moment kam Damaris, die Zauberlehrerin, auf das Feld getrabt. „Hallo zusammen“, sagte sie und lächelte sie an. „Heute zeige ich euch, wie man sich Mut herbeizaubert.“ Aufgeregtes Gemurmel erklang unter den Erstklässlern. „Stellt euch bitte paarweise auf!“

Wolke stellte sich neben Saphira und Mondstrahl neben Sturmwind.

Damaris gab jedem Paar zwei silberne Herzen und erklärte, wie man damit Mut zaubern konnte.

„Winde ein Haar aus deiner Mähne um das Herz. Berühre es dreimal mit deinem Horn, und denke dabei jedes Mal an eine mutige Tat. Dann sprich: ‚Sei mutig. Sei stark. Sei tapfer.' Wenn das Herz rot glüht, weißt du, dass es funktioniert hat."

Wolke war im Zaubern sehr geschickt. Bald begann ihr Herz, mattrot zu leuchten. Aber es war nichts gegen Mondstrahls beeindruckende Vorstellung! Sein Herz glühte wie ein rotes Licht.

„Sehr gut", lobte Damaris. „Du hast anscheinend an besonders mutige Taten gedacht." Sie ging weiter durch die Klasse.

„Was hast du dir denn vorgestellt?", fragte Saphira.

„Ich hab an meinen Vater gedacht, als er

noch jünger war. Er hat viele mutige Taten vollbracht, ehe er …“ Mondstrahl hielt plötzlich inne.

„Ehe er was?“, fragte Wolke neugierig. Mondstrahl hatte keine Geschwister, und

auch von seinen Eltern hatte er eigentlich noch nicht viel erzählt.

„Ach nichts", murmelte Mondstrahl auffallend nervös. „Schau, Sturmwind. Dein Herz glüht schon!", versuchte er abzulenken.

„Hey, das stimmt!", freute sich Sturmwind.

„Sehr gut!", lobte Saphira und rieb ihre Nase an ihm. Dann seufzte sie: „Ich geh mal besser zu Damaris und zeig ihr mein Herz. Es glüht überhaupt nicht." Sie eilte zur Lehrerin.

Sturmwind schnaubte. „Habt ihr gewusst, dass Saphira nächsten Sonntag Geburtstag hat?"

Wolke und Mondstrahl nickten.

„Sie ist traurig, dass sie an ihrem Geburtstag nicht zu Hause sein kann", sagte Wolke. „Normalerweise überlegen sich ihre Geschwister eine Überraschung für sie, bei der alle Zaubertricks vorführen. Außerdem gibt es eine riesige Geburtstagstorte."

„Arme Saphira“, sagte Mondstrahl voller Mitgefühl.

„Wirklich schade, dass ihre Geschwister nicht kommen können, um mit ihr zu feiern“, sagte Sturmwind.

Wolke starrte ihn an. Sturmwind hatte sie auf eine großartige Idee gebracht! „Sie können nicht kommen, aber wir sind doch hier! Warum bereiten nicht einfach wir eine Überraschung für sie vor?“

„Aber ja!“, rief Sturmwind.

„Das wäre echt cool“, meinte Mondstrahl.

„Wir organisieren eine Überraschungsparty für sie. Wir können proben, wenn Saphira zum Treffen des Rosenquarz-Clubs geht.“

„Gute Idee“, stimmten die anderen zu. Saphira war kürzlich in den Rosenquarz-Club eingetreten, wo sie die besondere Einhornfähigkeit trainierte, andere Menschen und Plätze zu sehen.

Da kam Saphira zurückgetrabt. „Ich habe nicht an drei verschiedene Heldentaten gedacht, sondern nur an zwei!“, erzählte sie erleichtert.

Sie ging zu ihrem Herz, um es noch mal zu versuchen.

Wolke, Mondstrahl und Sturmwind sahen sich aufgeregt an. Eine Überraschungsparty! Sie konnten es gar nicht erwarten, dass Saphira zu ihrem Treffen ging, damit sie endlich alles planen konnten. Das würde ein Riesenspaß werden!

2

Nach der Zauberstunde lief Wolke mit den anderen zur Flugheide. Atlas, ihr Fluglehrer, hatte aufregende Neuigkeiten für sie: „Nächsten Sonntag findet das monatliche Wettfliegen statt."

„Das ist an meinem Geburtstag", flüsterte Saphira Wolke zu.

„Ich hab davon gehört", sagte Mondstrahl eifrig. „Es gibt jeden Monat ein Wettfliegen, und der Gewinner bekommt eine Medaille, oder?"

Atlas nickte.

„Kann jeder mitmachen?", fragte Mondlicht aus dem Sternenhaus.

„Nein, es gibt eine Vorrunde“, erklärte Atlas. „Die Einhörner, die in der Vorrunde als Erster, Zweiter oder Dritter durchs Ziel kommen, dürfen beim Wettfliegen teilnehmen. Normalerweise dürfen nur die älteren Einhörner bei der Ausscheidung mitmachen. Für ein sehr gutes, junges Einhorn würden sie aber bestimmt eine Ausnahme machen.“ Er sah sie der Reihe nach an. „Diesen Monat ist meiner Meinung nach einer von euch gut genug.“

„Wer?“, fragten sie gespannt.

„Mondstrahl“, verkündete Atlas.

Mondstrahl wieherte vor Freude. „Ich?“

Wolke, Saphira und Sturmwind sahen sich fröhlich an. Mondstrahl war wirklich der Beste von ihnen beim Fliegen. Die meisten Einhörner lernten das Fliegen erst in der Schule. Aber Mondstrahl konnte es schon von zu Hause.

„Du bist beim Fliegen äußerst schnell und ausdauernd“, sagte Atlas. „Wenn du bei der Ausscheidung morgen mitmachen willst, darfst du das gerne tun.“

„Ja, bitte!“, rief Mondstrahl. „Mein Vater hat mir viel von den Wettkämpfen seiner Schulzeit erzählt. Er hat sie immer gewonnen.“

Atlas lächelte ihm zu. „Dann komm morgen um zehn Uhr auf die Flugheide.“ Es sah die anderen an. „Ihr seid alle herzlich eingeladen. Wer kommt, darf zusehen und anfeuern. So, und jetzt beginnen wir den heutigen Unterricht. Wir wollen den Sturzflug und den Sinkflug üben. Stellt euch bitte in einer Reihe auf.“

Während Ordnung in die Klasse kam, drehte sich Wolke zu Mondstrahl um. „Das sind großartige Neuigkeiten!“

„Danke schön!“, erwiderte Mondstrahl.

„Du bist der einzige Erstklässler in der Auswahlrunde“, sagte Sturmwind voller Ehrfurcht. „Das ist unglaublich!“

„Danke“, sagte Mondstrahl selbstgefällig. „Ich bin beim Fliegen wirklich toll, oder?“

„Und so bescheiden!“ Wolke stieß ihn kräftig mit ihrem Horn an.

„Oh!“, schnaubte Mondstrahl beschämt. „Ist ja gut. Es tut mir leid. Das klang wohl gerade ein bisschen eingebildet.“

Wolke grinste ihm zu. Mondstrahl war manchmal ein Angeber, wenn es um Sport und Fliegen ging. Aber normalerweise merkte er es und entschuldigte sich dafür. „Ich wette, du schaffst es ins Wettfliegen. Du wirst bestimmt gut abschneiden.“

Er sah sie dankbar an. „Nett von dir, Wolke.“

„Ruhe!“, rief Atlas. „Wir fangen an!“

Atlas ließ sie richtig hoch hinauffliegen.

Anschließend übten sie, im Sturzflug so schnell wie möglich zum Boden zurückzukehren. Es war die letzte Unterrichtsstunde des Tages. Danach trabte Saphira zur ihrem Rosenquarz-Club.

„Kommt jetzt. Wir brauchen einen Plan für die Party“, sagte Wolke zu Sturmwind und Mondstrahl. Sie suchten sich auf der Mondscheinwiese eine ruhige Ecke und sprachen über Saphiras Geburtstag. Gleichzeitig naschten sie von dem saftigen, grünen Gras.

„Meine Mutter schickt bestimmt eine Torte, wenn ich sie darum bitte“, sagte Mondstrahl und raschelte mit dem Schweif. „Ich sage ihr, sie soll eine richtig große mit drei Schichten und weißem und rosafarbenem Zuckerguss einpacken. Obendrauf soll ein Einhorn aus Zucker sein, das Saphira ähnlich sieht. Und außerdem brauchen wir natürlich acht Kerzen.“

„Das klingt aber sehr kompliziert“, meinte Sturmwind.

„Ach, mach dir deswegen keine Sorgen. Das lässt sie einen unserer Elfen backen“, entgegnete Mondstrahl sorglos.

„Einen eurer Elfen?“, wiederholte Wolke stirnrunzelnd. Nur ganz wenige, äußerst einflussreiche Einhörner hatten Elfen, die für sie arbeiteten. Zum Beispiel die Mitglieder des Einhornrates, die Arkadia regierten.

„Deine Eltern haben wirklich Elfen?“, fragte Sturmwind.

Mondstrahl wirkte nervös. „Ja“, sagte er.

Wolke und Sturmwind sahen ihn überrascht an.

„Das ist doch nichts Besonderes“, murmelte Mondstrahl. Offensichtlich wünschte er sich, er hätte nichts gesagt.

„Dann gehören deine Eltern zum Einhornrat?“, fragte Wolke neugierig.

„Nein“, antwortete er schnell. „Also, eigentlich wollten wir doch über Saphiras Geburtstag sprechen, oder? Was ist mit der Party? Was können wir aufführen?“

Offensichtlich wollte er das Thema wechseln. Wolke zögerte einen Moment. Dann beschloss sie, ihn nicht weiter zu bedrängen. „Schon gut, ich dachte, wir könnten Zaubertricks vorführen, so wie es ihre Geschwister immer machen. Ich werde mit meinem Horn Sterne in allen Regenbogenfarben zaubern.“

Denn Wolke konnte ganz wunderbare Sterne herbeizaubern.

„Das klingt großartig! Und ich könnte eine Flugshow machen“, sagte Mondstrahl. Wolke stupste ihn mit dem Horn an, bevor er wieder prahlen konnte. „Aua“, sagte er gekränkt. „Ich will mit der Flugshow nicht angeben. Ich könnte mit Purzelbäumen und Sturzflügen ‚Herzlichen Glückwunsch zum

Geburtstag, Saphira!‘ in den Himmel zeichnen.“

Wolke bereute, dass sie ihn gestoßen hatte. „Das ist wirklich eine super Idee!“, sagte sie begeistert. „Ich wette, das wird ihr gefallen.“

„Und was kann ich tun?“, fragte Sturmwind. Wolke dachte einen Moment nach. Sturmwind hatte ungewöhnlich viel Kraft. Aber konnte man das für eine Partynummer brauchen? Was konnte er sonst noch besonders gut? Plötzlich fiel ihr ein, wie geschickt er mit Wasser zaubern konnte. In der Schule lernten die Einhörner, wie man Wasser reinigte. Aber Sturmwind konnte außerdem die Farbe des Wassers verändern.

„Ich weiß etwas!“, rief sie. „Warum führst du nicht einen Wasserzauber vor?“

„Sehr gut“, sagte Sturmwind eifrig. „Wir könnten die Party ja am Strand veranstalten.

Dann kann ich in einem der kleinen Teiche zwischen den Felsen die Farbe verändern."

„Los, das üben wir gleich!", rief Mondstrahl.

Und schon fingen sie an. Bald schlug Mondstrahl hoch in der Luft Purzelbäume und schoss in den wagemutigsten Sturzflügen hinunter, die Wolke je gesehen hatte. Er überlegte sich eine Abfolge, mit der er ‚Herzlichen Glückwunsch zum Geburtstag, Saphira!' schreiben konnte. Wolke

zauberte Sterne in allen Farben des Regenbogens herbei. Sie übte und übte. Ganz in der Nähe verwandelte Sturmwind das Wasser in einem Silbertrog in alle Farben des Regenbogens.

„Es wäre doch toll, wenn wir alle gleichzeitig zaubern würden!“, rief Wolke. Sie zauberte lilafarbene Sterne, während Sturmwind zur selben Zeit das Wasser lila färbte.

„Wir müssten zwar viel dafür üben, aber es würde ihr bestimmt sehr gefallen. Wir können ja immer proben, wenn Saphira in ihrem Club ist."

Die anderen beiden nickten. In dem Moment kam der Oberelf auf die Wiese und blies einen langen Ton auf seinem großen, weißen Muschelhorn. Elfen kamen geschäftig durch das goldene Tor und trugen die Tische herbei. Andere Elfen

brachten Eimer, die mit Kleie, Äpfeln, Hafer und Karotten gefüllt waren. Jeder Tisch hatte runde Löcher; in diese Aussparungen wurden die Eimer für die Einhornschüler gestellt.

„Es gibt Essen!“, sagte Wolke zu Sturmwind und Mondstrahl. „Schnell, kommt!“

Sie steuerten hinüber zum Tisch vom Regenbogenhaus. Gerade als sie dort ankamen, trabte Saphira mit ihren Freunden aus dem Rosenquarz-Club auf die Wiese.

„Hallo!“ Saphira schlüpfte auf ihren Platz neben Wolke.

„Wie war's?“, fragte Wolke.

„Es war toll!“ Saphira war begeistert. „Ich habe in ein Stück Rosenquarz hineingeschaut. Mithilfe meiner magischen Kräfte ist es mir gelungen, unser Haus und meine Eltern zu sehen! Und was habt ihr gemacht?“

„Ach, nichts Besonderes“, antwortete Wolke schnell. Sie musste heimlich grinsen.

Wenn Saphira wüsste, dass sie eine Geburtstagsüberraschung für sie vorbereitet hatten!

Das Essen schmeckte köstlich. Mondstrahl bat um eine zweite und eine dritte Portion.

„Wenn du noch mehr isst, bist du morgen zu schwer zum Fliegen“, neckte ihn Wolke.

Mondstrahl gab ihr keine Antwort, sondern verschlang auch noch den letzten Apfel aus ihrer Schüssel.

Als sie verärgert schnaubte, sah er sie nur selbstgefällig an.

„Gut, dann komme ich morgen eben nicht, um dich anzufeuern“, erklärte sie scheinbar eingeschnappt.

Mondstrahl grinste sie an. Aber als sie weiterhin beleidigt schaute, wurde er ganz besorgt. „Das meinst du nicht ernst, oder? Du bist mir doch nicht wirklich böse? Du kommst doch, oder?“

„Natürlich komme ich, du Dummkopf", sagte sie und stupste ihn mit dem Kopf an.

„Wir kommen alle", versprach Saphira.

„Wir wollen das Wettfliegen auf keinen Fall verpassen", bestätigte Sturmwind.

„Ich bin schon ganz nervös", gab Mondstrahl zu. „Ich möchte unbedingt gut abschneiden. Mein Vater hat zu seiner Zeit jedes der monatlichen Wettfliegen gewonnen. Er war das schnellste Einhorn der Schule. Ich hoffe, ich komme durch die Ausscheidungsrunde."

Wolke berührte ihn sanft. „Das schaffst du auf jeden Fall. Ich bin mir ganz sicher."

3

Am folgenden Morgen versammelten sich fast alle Einhornschüler auf der Flugheide, um die Vorrunde zu sehen. Es war ein flaches Gebiet mit kurzem Gras und vereinzelten Bäumen und Dornenbüschen. Wolke stand mit Sturmwind und Saphira am Rand. „Ich hoffe so sehr, dass er seine Sache gut macht.“ Sie neckten sich zwar oft mit Mondstrahl, aber sie wünschte ihm für die Vorrunde das Allerbeste. Sie war beinahe so aufgeregt, als ob sie gleich selber hätte antreten müssen!

Saphira schnaubte besorgt. „Falls er es nicht ins Wettfliegen schafft, wird er sich furchtbar aufregen. Du hast ja gehört, dass sein Vater immer gewonnen hat."

„Er schafft das schon. Ich bin mir ganz sicher", sagte Wolke entschieden.

Atlas brachte alle Einhörner, die teilnahmen, auf die Heide.

Mondstrahl war das kleinste Einhorn, aber er hielt seinen Kopf stolz erhoben. Als er so neben den älteren Einhörnern ging, hob er seine Vorderbeine ganz besonders hoch.

„Was hat er denn da um den Hals?", fragte Wolke. Er trug eine Art Schärpe aus drei bunten Bändern – blau, gold und rot –, die miteinander verflochten waren.

„Das ist sein Glücksbringer", erklärte Sturmwind. „Er hat mir gestern davon erzählt. Er hat ihn von seiner Mutter bekommen und trägt ihn immer, wenn er etwas Wichtiges vorhat. Es ist kein Zauber, aber bringt ihm trotzdem Glück."

Wolke bemerkte, dass auch andere Einhörner Schleifen um den Hals oder in Mähne und Schweif gebunden hatten. „Ich hoffe so, dass er ihm wirklich hilft."

Atlas führte die Teilnehmer zum Start, wo eine goldene Kette zwischen zwei Bäumen hing. Der Oberelf stand dort mit einem Horn aus Bronze. In jeder Runde mussten sich die Teilnehmer hinter der Kette aufstellen. Sobald der Elf auf dem Horn blies, mussten sie über die Kette und um zwei Bäume herum fliegen. Anschließend sausten sie so schnell wie möglich zum anderen Ende der Heide. Insgesamt gab es vier Vorrunden. Mondstrahl war in der zweiten Gruppe. Während der ersten Runde wartete er nervös. Wolke, Saphira und Sturmwind feuerten die Einhörner an, die sie am besten kannten. Sie freuten sich, dass Jupiter, ein Sechstklässler aus dem Regenbogenhaus, mühelos gewann.

Dann musste sich Mondstrahl aufstellen. Er stand zwischen zwei Fünftklässlern aus dem Mondhaus, Astor und Smaragd. Wolke erkannte außerdem den Drittklässler Pollux aus ihrem Haus sowie Sonnenstrahl und Silberschweif, zwei Sechstklässler aus dem Sternenhaus.

‚Hoffentlich schneidet Mondstrahl gut ab', dachte Wolke und schlug nervös mit dem Schweif. ‚Bitte, bitte, bitte!'

Mondstrahl sah zu ihnen hinüber. „Viel Glück!", wieherten sie alle so laut sie konnten.

„Seid ihr alle bereit?", fragte Atlas. Er wartete, bis alle Einhörner hinter der Kette zur Ruhe gekommen waren. Dann nickte er dem Elf zu. Der Elf hob das Horn an die Lippen, blies das Signal, und die Einhörner in Mondstrahls Runde zischten los.

„Mondstrahl! Mondstrahl!", feuerte

Sturmwind ihn an, als die Einhörner in den blauen Himmel aufstiegen.

Silberschweif ging in Führung. Dicht hinter ihr war Sonnenstrahl, und dann kam auch schon Mondstrahl. Astor und Pollux versuchten, ihn zu überholen. Aber Mondstrahl

streckte den Hals nach vorne und galoppierte noch schneller, als er um die Bäume raste. Er erreichte Sonnenstrahl, überholte ihn und näherte sich Silberschweif, während schon die Ziellinie in Sicht kam.

Wolke trabte aufgeregt auf der Stelle. „Er wird gewinnen“, wieherte sie, als er Silberschweif einholte. Rasch näherten sie sich dem Ziel. Aber weder Silberschweif noch Sonnenstrahl wollten sich geschlagen geben. Sie wurden noch schneller. Eine Minute lang flogen sie alle drei Kopf an Kopf. Doch dann schoben sich Silberschweif und Sonnenstrahl vor. Silberschweif stieß ihre Schnauze nach vorne und raste vor Sonnenstrahl über die Ziellinie. Mondstrahl wurde damit Dritter.

„Er ist im Finale!“, jubelte Saphira.

„Schnell zu ihm, damit wir ihm gratulieren können!“, rief Wolke.

Die drei galoppierten zu der Stelle, wo die

Einhörner gerade auf dem Boden landeten. Ihre Flanken hoben und senkten sich vor Anstrengung und waren feucht vom Schweiß.

„Das war fantastisch!“, wieherte Wolke.

„Du bist im Finale!“, rief Sturmwind.

Mondstrahl hob den Kopf. Zu ihrer Überraschung sah er ausgesprochen enttäuscht aus. „Ich bin nur Dritter“, keuchte er.

„Aber du hast dich qualifiziert“, sagte Wolke.

Saphira nickte. „Und alle anderen Einhörner waren viel älter als du.“

„Du hast das wirklich toll gemacht“, bekräftigte Sturmwind.

„Nein, das stimmt nicht. Ich habe nicht gewonnen“, erwiderte Mondstrahl.

„Gut gemacht!“, rief Atlas. „Geht jetzt bitte auf die Seite, damit wir die nächste Runde starten können.“

Sie sahen auch bei den anderen beiden

Runden zu. Aber Mondstrahl wurde nicht fröhlicher, selbst als er wieder ruhiger atmete. Wolke konnte gar nicht verstehen, warum er sich über seinen dritten Platz nicht freute.

Nach der letzten Vorrunde sorgte der Elf mit seinem Horn für Ruhe. Atlas ergriff das Wort: „Alle Teilnehmer haben ihre Sache sehr gut gemacht. Das Trihorn wird jetzt all denen eine Urkunde überreichen, die sich für das Wettfliegen am nächsten Sonntag qualifiziert haben."

„Das Trihorn!", flüsterte Wolke voller Ehrfurcht. Das Trihorn war der Direktor der Schule. Er war ein sehr altes, weißes Einhorn. Sein Horn war in drei Farben gestreift: Gold, Silber und Bronze.

Der Oberelf blies eine Fanfare auf dem Horn, und Das Trihorn schritt auf die Flugheide. Ihm folgte ein Elf, der ein Tablett aus Perlmutt trug. Darauf lagen zwölf Papierrollen mit goldenen, silbernen oder bronzenen Schleifen.

Das Trihorn blieb bei Atlas stehen und sah die wartenden Einhörner mit seinen weisen, dunklen Augen an. „Ich gratuliere euch allen. Jetzt bitte ich die Gewinner, zu mir zu kommen und ihre Urkunde in Empfang zu nehmen. Erste Runde: Jupiter Erster, Azur Zweiter, Oriel Dritter!“

Die drei traten stolz vor. Jupiter erhielt eine Urkunde mit goldener Schleife, Azur mit silberner und Oriel mit bronzefarbener Schleife. Sie wirkten alle sehr zufrieden.

Die zweite Runde wurde aufgerufen, und nun war Mondstrahl an der Reihe, seine Urkunde mit der Bronzeschleife abzuholen. Zögernd und mit hängendem Kopf trat er zu Dem Trihorn. Er murmelte nur einen kurzen Dank. Wolke sah, wie Das Trihorn ihn überrascht anblickte.

Niedergeschlagen kehrte Mondstrahl an seinen Platz zurück.

„Gut gemacht!“, flüsterte ihm Wolke zu, während die Gewinner der letzten beiden Runden geehrt wurden.

„Es ist nur Bronze. Was ist schon ein dritter Platz?“, fragte Mondstrahl unglücklich.

„Es ist gut“, versuchte ihn Sturmwind zu überzeugen.

Mondstrahl schob ihm seine Urkunde zu. „Da, nimm du sie, wenn du sie so toll findest.“

„Mondstrahl“, sagte Sturmwind überrascht. „Sie gehört dir!“

„Tja, aber ich will sie nicht!“ Mondstrahl schleuderte die Urkunde auf den Boden und stampfte mit seinem Vorderhuf wütend darauf herum. „Dritter! So was Blödes! Mein Vater wäre Erster geworden!“

„Mondstrahl!“, rief Wolke. Sie sah sich um

und bemerkte mit Entsetzen, dass Das Trihorn alles beobachtet hatte. Und schon kam er mit finsterer Miene auf sie zu. „Oh nein!“, murmelte sie bestürzt. „Jetzt bekommst du Ärger!“

„Mondstrahl!“

Mondstrahl schnellte herum.

„Wieso hast du das getan?“, fragte Das Trihorn.

Mondstrahl stammelte verlegen „Ich ... äh ...“

„Also?“

„Ich habe die Urkunde auf den Boden geworfen, weil ich nur Bronze bekommen habe“, gab Mondstrahl kleinlaut zu. „Ich wollte Gold gewinnen.“

Das Trihorn schüttelte sein Haupt. „Mondstrahl, ich bin sehr enttäuscht von dir. Es geht hier nicht ums Gewinnen. Die Hauptsache ist, dass jeder, der mitmacht, sein Bestes gibt.

Du solltest stolz sein auf deine Leistung, anstatt zu schmollen, dass du nicht der Erste geworden bist. Ich erwarte von jedem hier an der Einhornschule gutes Benehmen. Gerade jemand von deiner Abstammung sollte mehr Würde und weniger Torheit zeigen. Dein Vater wäre ebenfalls sehr enttäuscht. Jetzt nimm deine Urkunde und lass dich nicht mehr bei einer solchen Dummheit erwischen."

Das Trihorn drehte sich um und schritt majestätisch davon.

Langsam hob Mondstrahl seine Urkunde auf.

Saphira sah ihn besorgt an. „Alles klar?"

Er murmelte „Ja", sah aber sehr verstört aus.

„Was hat Das Trihorn mit deiner Abstammung gemeint?", fragte Sturmwind neugierig.

„Was weiß ich", wehrte Mondstrahl hastig ab.

„Es klang, als wärst du etwas Besonderes", meinte Wolke.

„Ich? Etwas Besonderes? Nein, nein!", stammelte Mondstrahl. „Ich bin ganz normal. Ich ... ich bin wie ihr alle."

Wolke zögerte. Er benahm sich so seltsam. „Was ist los, Mondstrahl? Verheimlichst du uns etwas?"

„Nein! Hört bitte mit diesen ewigen Fragen auf, und lasst mich in Ruhe!" Er stampfte zornig mit seinen Vorderhufen auf. Verblüfft sahen sie ihm nach, wie er davongaloppierte.

4

„Warte, Mondstrahl!“, rief Wolke. Gemeinsam mit den anderen eilte sie ihm nach. Nach der Vorrunde wimmelte es von Einhörnern, so dass Mondstrahl nur langsam vorwärtskam. Schnell hatten sie ihn eingeholt.

„Warum bist du davongelaufen?“, fragte ihn Saphira.

„Ich wollte dich nicht ärgern!“, rief Wolke.

Einen Augenblick schien es, als wollte Mondstrahl etwas sagen, aber dann seufzte er nur. „Tut mir leid, dass ich so abgerauscht bin. Ich war wegen des Tadels so außer mir. Kommt, laufen wir zur Mondscheinwiese. Es gibt bald Mittagessen!“

Sturmwind und Saphira nickten bloß, aber Wolke ließ nicht locker.

„Ist wirklich alles in Ordnung?"

„Ja", sagte er nochmals. Er sah sie flehend an. „Können wir das Ganze nicht einfach vergessen? Bitte, Wolke!"

Er sah so unglücklich aus, dass Wolke nickte. „Gut, dann gehen wir jetzt auf die Wiese."

‚Wahrscheinlich ist es nichts Wichtiges, sonst würde er es uns bestimmt sagen', dachte sie, während sie den Klippenpfad hinunterstiegen. ‚Wir sind doch seine besten Freunde!'

„Was machen wir nach dem Mittagessen?", fragte Sturmwind.

„Also ich treffe mich um 15 Uhr mit Topas", antwortete Saphira. „Wir wollen zu den Rosenquarzklippen. Da drüben ist Topas, ich frage sie schnell, ob unsere Verabredung noch gilt."

Sie trabte davon.

Wolke wandte sich den anderen zu. „Sollen wir wieder für unsere Geburtstagsüberraschung üben, wenn Saphira heute Nachmittag weg ist?“

„Na klar!“, antworteten die beiden eifrig.

Nach dem Mittagessen trabte Sturmwind mit Mondstrahl hinauf zu den Ställen, während Wolke und Saphira gemeinsam zum Strand liefen. „Glaubst du, dass mit Mondstrahl wirklich alles in Ordnung ist?“, fragte Wolke. Das Wasser im Meer des Schweigens funkelte, als sie mit den Hufen durchplatschten. „Wirklich seltsam, wie er heute Morgen davongelaufen ist.“

„Wahrscheinlich war er zerknirscht nach dem Tadel von Dem Trihorn“, erwiderte Saphira.

„Schon möglich.“ Wolke spitzte die Ohren.

„Du glaubst also nicht, dass er uns etwas verheimlicht?“

„Warum sollte er? Wir sind seine Freunde. Er hat bestimmt kein Geheimnis vor uns“, sagte Saphira voller Überzeugung.

Wolke musste zugeben, dass es sehr unwahrscheinlich war.

Sie blickte auf das ruhige Meer. „Komm! Lass uns durchs Wasser galoppieren!“

Um 15 Uhr wurde Saphira von Topas abgeholt, und Wolke kehrte auf die Mondscheinwiese zurück. Sturmwind wartete schon auf sie, aber Mondstrahl war nirgendwo zu sehen.

„Wo er wohl steckt?“, fragte Wolke, nachdem sie einige Minuten gewartet hatten. „Er wird doch nicht zum Fliegen gegangen sein und unsere Verabredung vergessen haben?“

„Ich weiß es nicht“, sagte Sturmwind.

„Vorhin wollte er eigentlich das Starten fürs Wettfliegen üben. Aber als er sich auf den Weg machte, brachte ihm einer der Elfen eine Nachricht. Ich fragte ihn danach, aber er sagte, es sei nichts Wichtiges."

„Ich fürchte, wir müssen ohne ihn anfangen", meinte Wolke.

„Bestimmt kommt er bald", entgegnete Sturmwind.

Aber Mondstrahl kam nicht. Wolke wurde immer ärgerlicher. Wie konnte er es nur vergessen! Sie war so wütend, dass ihr die Zaubertricks misslangen. Die Sterne hatten nicht die richtige Form. Außerdem schaffte sie nur Blau und nicht alle Farben des Regenbogens.

„Ach, das hat doch keinen Sinn!" Nach einer halben Stunde stampfte sie mit den Hufen auf. „Wo ist Mondstrahl?"

Noch während sie sprach, kam Mondstrahl über die Wiese auf sie zu galoppiert.

„Tut mir wirklich leid, dass ich zu spät bin“, keuchte er.

„Wo warst du denn? Beim Fliegen?“, fragte Wolke.

„Natürlich nicht“, sagte Mondstrahl entrüstet. „Ich geh doch nicht zum Fliegen, wenn ich mit euch verabredet bin.“

„Was hast du dann gemacht?“, fragte Sturmwind.

Mondstrahl öffnete den Mund und schloss ihn dann wieder. „Das ... das kann ich nicht sagen.“

„Das kannst du nicht sagen?“ Wolke stampfte zornig auf. „Wie meinst du das?“

„Ich ... ich kann es einfach nicht sagen.“

Wolke drehte ihm den Rücken zu. Er konnte nicht einmal sagen, warum er sich verspätet hatte!

„Bitte seid nicht böse.“ Mondstrahl scharrte besorgt mit den Hufen.

Wolke antwortete nicht.

Mondstrahl seufzte. „Also gut. Ich erzähl es euch, aber ihr dürft es niemandem weitersagen. Außer Saphira vielleicht."

Wolkes Neugier war stärker als ihr Ärger. Sie drehte sich zu ihm um. „Also, warum hast du dich verspätet?"

„Es ist wegen meiner Familie." Mondstrahl holte tief Luft. „Es ist so, ich hab euch da et-

was nicht erzählt. Also, mein Vater ...", er zögerte. „Mein Vater ist der König von Arkadia."

Wolke und Sturmwind starrten ihn an.

„Dein Vater ist der König?", sagte Sturmwind langsam. „Dann bist du ein ...!"

„Prinz!", keuchte Wolke. „Du bist der Prinz von Arkadia! Das also meinte Das Trihorn mit deiner Abstammung."

Mondstrahl nickte. „Und das ist auch der Grund, warum ich gerade nicht zum Üben kommen konnte. Einer der Elfen hat mir eine Nachricht gebracht. Ich sollte zu Dem Trihorn kommen. Das Trihorn ist übrigens mein Großonkel. Er teilte mir mit, dass mein Vater demnächst zu Besuch kommen wird. Er wollte wissen, ob ich mich entschieden habe, ab dann offiziell als Prinz von Arkadia aufzutreten. Als ich in die Schule kam, wollte ich es gerne geheim halten. Ich wollte deswegen nicht anders behandelt werden."

„Ich kann einfach nicht glauben, dass du uns das nicht erzählt hast“, stammelte Wolke.

„Genau. Immerhin sind wir deine besten Freunde“, meinte Sturmwind.

„Ich weiß. Ihr habt ja recht. Ich hätte es euch sagen sollen. Aber es war so schwierig.“ Mondstrahl wurde lauter. „Ich wusste einfach nicht, wie ich euch auf einmal klarmachen sollte, dass mein Vater der König von Arkadia ist.“

Drei Erstklässler, die neben ihnen grasten, sahen neugierig herüber.

„Hat Mondstrahl gerade gesagt, dass sein Vater der König ist?“, hörte Wolke einen von ihnen sagen. Sie stupste Mondstrahl an und machte ihn auf die anderen aufmerksam.

„Schon möglich, dass es für dich schwierig war“, flüsterte Sturmwind. „Aber du hättest kein Geheimnis vor uns haben dürfen.“

„Du hättest es uns doch heute erzählen

können, als wir dich fragten, was Das Trihorn gemeint hatte", sagte Wolke mit gedämpfter Stimme. „Du hast uns angelogen. Du hast gesagt, du weißt es nicht."

„Es tut mir wirklich leid!", brach es aus Mondstrahl heraus. „Ich weiß, ich hätte das nicht tun sollen. Aber so war es eben, und ich kann das jetzt leider nicht mehr ändern." Aufgebracht galoppierte er davon.

Die Einhörner in der Nähe flüsterten aufgeregt miteinander und trabten dann weg, um ihren Freunden die Neuigkeit zu erzählen.

Wolke wurde das Herz schwer. „Oh weh. So wie es aussieht, weiß sowieso bald die ganze Schule über Mondstrahl Bescheid", sagte sie zu Sturmwind.

„Ich hoffe, er kann damit umgehen", erwiderte Sturmwind.

Wolke machte sich große Sorgen. „Das hoffe ich auch."

5

Bis zum Tee am Nachmittag hatte sich die Nachricht, dass Mondstrahl von königlichem Blut war, in der ganzen Schule verbreitet. Auf einmal wollte jeder sein Freund sein.

Wolke, Sturmwind und Saphira beobachteten, wie Mondstrahl auf der Mondscheinwiese mit einigen Fünft- und Sechstklässlern plauderte. Die älteren Einhörner löcherten ihn mit Fragen: Wie sieht der Palast aus? Wie viele Ställe gibt es dort? Welches Essen und Trinken wird gereicht? Und wie sind seine Eltern denn so? Zuerst schien die ganze Aufmerksamkeit Mondstrahl verlegen zu machen. Aber bald genoss er sie sichtlich.

Einerseits wäre Wolke gerne näher dran gewesen, um zu hören, was er auf all die Fragen antwortete. Andererseits war sie ihm immer noch böse und wollte ihn mit Nichtachtung strafen.

„Mondstrahl hatte anscheinend recht", sagte Sturmwind mit Blick auf die Gruppe um Mondstrahl. „Sie behandeln ihn tatsächlich anders."

„Trotzdem hätte er es uns sagen müssen", beharrte Wolke. „Wir hätten keinen Unterschied gemacht. Wir sind seine Freunde."

Im selben Moment blies der Oberelf das Signal zur Teestunde. Als die Tische herbeigebracht wurden, wichen die Schüler auseinander und machten Platz für Mondstrahl. Als er an Wolke, Sturmwind und Saphira vorbeitrabte, konnte er ihnen nicht in die Augen sehen.

„Wie es scheint sind wir nicht mehr gut

genug für ihn. Jetzt, wo jeder weiß, dass er ein Prinz ist", schimpfte Wolke.

Saphira stupste sie an. „Sei nicht dumm. Du weißt doch, dass Mondstrahl nicht so ist. Er hat bestimmt Schuldgefühle, dass er es uns verschwiegen hat."

Alle Einhörner ließen Mondstrahl am Tisch den Vortritt. Ungestört durfte er sich die feinsten Leckerbissen vom Tisch des Regenbogenhauses aussuchen. Sobald er sich bedient hatte, drängten sich die anderen Einhörner an den Tisch neben ihn. Zwei Fünftklässler, die auch an der Vorrunde teilgenommen hatten, Tiberius und Azur, waren als Erste dort. Azur lächelte Mondstrahl an, und Tiberius schob ihm eine Schüssel mit Karotten zu, damit er sich als Erster nehmen konnte.

Wolke, Sturmwind und Saphira landeten am untersten Ende des Tisches. Während sie ihren Imbiss aus Kleie, Gerste und Karotten verspeiste, beobachtete Wolke Mondstrahl. Er plauderte mit Azur und Tiberius über die Vorrunde vom Morgen. Sie schmeichelten ihm, wie gut er gewesen war und dass eigentlich er hätte gewinnen müssen.

Wolke seufzte. Es war seltsam, ohne ihn zu essen. Sie waren stiller ohne ihn. Wolke vermisste das gegenseitige Necken mit ihm. „Ich wünschte, er wäre hier bei uns."

„Ohne ihn ist es einfach nicht dasselbe", nickte Saphira.

„Vielleicht können wir ja nach dem Essen mit ihm reden", schlug Sturmwind vor.

Aber auch dann wichen Azur und Tiberius nicht von seiner Seite.

„Wenn du magst, können wir morgen gemeinsam Flugübungen machen", hörte Wolke Azur sagen.

„Das würde ich sehr gern tun, aber ich bin

bereits verabredet", erwiderte Mondstrahl und sah kurz zu ihnen hinüber. Bestimmt dachte er an die Probe für Saphiras Geburtstagsparty.

Tiberius, ein stämmiges, weißes Einhorn mit dicker weißer Mähne, sah ihn überrascht an. „Aber Azur und ich lassen normalerweise keine jüngeren Einhörner mitmachen."

„Hm, ja dann …", Mondstrahl war hin und her gerissen. „Vielleicht könnte ich ja meine Verabredung absagen", meinte er zögernd.

Wolke traute ihren Ohren nicht. Sie ließ Saphira und Sturmwind stehen und trabte hinüber. „Mondstrahl!"

Mondstrahl merkte, dass sie ihn belauscht hatte, und sah sie schuldbewusst an.

„Mondstrahl, du wirst doch morgen nicht fliegen, oder?", zischte Wolke, weil sie nicht wollte, dass Saphira etwas mitbekam.

„Oh doch, genau das wird er. Er hat es gerade mit uns ausgemacht. Stimmt doch, Mondstrahl?“, sagte Azur.

„Hm ... also“, stammelte Mondstrahl.

„Aber wir wollten doch Saphiras Geburtstagsüberraschung vorbereiten“, flüsterte Wolke eindringlich.

„Wenn er mit uns fliegen kann, interessiert

ihn dieser Kinderkram bestimmt nicht“, sagte Tiberius verächtlich.

„Komm, Mondstrahl. Wir gehen“, sagte Azur.

Azur und Tiberius flogen in die Lüfte. Mondstrahl zögerte.

„Du darfst unsere Probe morgen nicht verpassen. Ihr Geburtstag ist schon so bald“, drängte Wolke.

„Es ist doch nur eine Probe“, sagte Mondstrahl.

„Aber es ist wichtig!“ Wolke stampfte mit dem Vorderhuf auf. „Zuerst hast du Geheimnisse vor uns, und jetzt interessierst du dich nicht mehr für Saphiras Geburtstagsparty. Ich weiß nicht, ob du überhaupt noch unser Freund sein willst!“

„Das weiß ich auch nicht, wenn du so denkst!“, sagte Mondstrahl aufgebracht und flog davon.

„Mondstrahl!“, rief Wolke.

Aber er beachtete sie nicht und flog Azur und Tiberius hinterher.

Langsam trabte Wolke zu den anderen zurück.

„Was war denn das?“, fragte Saphira überrascht.

„Ach, wir hatten nur eine kleine Auseinandersetzung“, murmelte Wolke. Sie konnte es immer noch nicht glauben, dass er einfach so abgezischt war.

‚Ich hätte nicht gleich so böse werden sollen. Aber er hätte auch nicht sagen dürfen, dass die Probe nicht wichtig sei. Und außerdem hätte er uns nichts verheimlichen dürfen‘, dachte Wolke.

Sie sah hinüber zur Flugheide, wo sich Mondstrahl mit Tiberius und Azur am Himmel tummelte.

Sturmwind rieb seine Nase an ihr. „Mach

dir keine Sorgen. Wir gehen jetzt an den Strand. Und Mondstrahl sehen wir später."

Aber Mondstrahl war bis zur Schlafenszeit mit Azur und Tiberius zusammen. Alle Einhornschüler schliefen in Ställen hoch oben in den Wolken. Die Erstklässler bewohnten das unterste Wölkchen, die Zweitklässler waren direkt über ihnen, und so ging es weiter bis zu den Sechstklässlern, die im obersten Wölkchen zu Hause waren. Jeder Stall war in einzelne Boxen aufgeteilt. In den Wänden gab es Fenster, und der Boden des Wölkchens war weich wie eine Hüpfburg. Wolke liebte ihren Stall. Normalerweise war sie dort glücklich und entspannt. Aber an diesem Abend nicht. Sie musste dauernd an ihren Streit mit Mondstrahl denken.

Endlich kam Mondstrahl in den Stall. „Lange nicht gesehen", sagte Sturmwind.

„Ich hatte zu tun“, murmelte Mondstrahl.

„Ja, du wolltest mit deinen neuen besten Freunden zusammen sein. Aber du weißt schon, dass sie dich nur mögen, weil du ein Prinz bist, Mondstrahl“, sagte Wolke.

„Das stimmt nicht!“, erwiderte Mondstrahl.

„Doch. Denn sonst hätten sie sich schon mit dir angefreundet, bevor sie wussten, dass du ein Prinz bist.“

„Ich höre dir gar nicht zu. Sie haben gesagt, dass sie meine Freunde sind.

Und ich schlafe jetzt.“ Mondstrahl legte sich auf sein Bett und schloss die Augen.

„Ist mir doch egal“, schnaubte Wolke und legte sich nieder.

„Gute Nacht. Schlaft gut“, sagte Sturmwind.

„Gute Nacht“, erwiderte Saphira.

Weder Wolke noch Mondstrahl sagten einen Ton.

6

Als Wolke am Morgen aufstand, war sie wegen des Streits am Vortag sehr bedrückt. Sie wollte sich unbedingt mit Mondstrahl versöhnen. Doch als sie in seine Box sah, bemerkte sie, dass er bereits aufgestanden und verschwunden war. Durchs Fenster entdeckte sie ihn, wie er gerade zur Flugheide trabte.

‚Dann spreche ich eben später mit ihm', dachte sie.

Aber Mondstrahl ging ihr und den anderen alten Freunden aus dem Weg. Den ganzen Tag wie auch an den nächsten Tagen war er nur mit Azur und Tiberius zu sehen. Und bald ließ er sich überhaupt nicht mehr blicken.

Er speiste mit den älteren Einhörnern und traf sich zwischen den Unterrichtsstunden mit ihnen. Hatten sie mal keine Zeit, dann lief er zur Flugheide und übte dort alleine für das Wettfliegen. Zu den Proben für Saphiras Geburtstag kam er nicht mehr, und auch abends kam er erst sehr spät in den Stall und legte sich ohne ein Wort schlafen.

„Ich vermisse ihn wirklich", sagte Saphira zu Wolke, als sie am Samstag gemeinsam am Strand entlangtrabten. Neben ihnen funkelten die Klippen aus Rosenquarz in der Sonne. Saphira hatte eine geheime Höhle in den Klippen entdeckt, die sie Wolke zeigen wollte.

„Mir fehlt er auch", gestand Wolke. „Ich wünschte, er wäre immer noch mit uns zusammen."

„Ich glaube, das wünscht er sich tief in seinem Herzen auch. Aber er hat Schuldgefühle, weil er uns nicht erzählt hat, dass er der Prinz ist", meinte Saphira.

„Aber deswegen kann er doch immer noch unser Freund sein", protestierte Wolke. „Und warum gibt er sich auf einmal so viel mit Azur und Tiberius ab? Sie kommandieren ihn doch bloß herum. Gestern ließen sie sich von ihm etwas aus den Ställen bringen. Ich weiß nicht, warum er alles tut, was sie ihm sagen!"

„Na ja, immerhin sind es Fünftklässler", betonte Saphira. „Wahrscheinlich hält er sich für cool, wenn er mit ihnen zusammen ist." Sie wandte sich zu den Klippen. „Sieh nur, dort ist die Höhle!"

Wolke quetschte sich hinter Saphira durch einen Felsspalt in die Höhle. Sie bot ungefähr fünf Einhörnern Platz. Große Felsen hingen wie Eiszapfen von der Decke, und die Wände leuchteten sanft im Zwielicht. Wolke schnaubte. „Hier ist es wunderschön!"

„Ich finde es auch ganz toll! Es gibt sogar Tunnel, die wie Geheimgänge in den Fels führen“, erzählte Saphira.

Eine ganze Weile vergnügten sie sich damit, alles zu erkunden. Durch Zauberkraft brachten sie ihre Hörner zum Leuchten, so dass sie in dem dunklen Gang sehen konnten.

Gerade als sie wieder zum Strand zurückkehren wollten, hörten sie bekannte Stimmen beim Höhleneingang.

Wolke blieb stehen. „Das sind Azur und Tiberius“, wisperte sie, als sie Mondstrahls Namen hörte.

„Mondstrahl ist so ein Baby“, sagte Azur vor der Höhle.

„Finde ich auch. Aber nachdem er der Prinz ist, lohnt es sich vielleicht, Zeit mit ihm zu verbringen, auch wenn er nur ein Erstklässler ist.“ Tiberius lachte. „Er ist manchmal

wirklich dumm. Seine Mutter hat ihm eine neue Decke geschickt, damit er es in der Nacht schön warm hat. Und diese Decke hat er mir sofort gegeben, als ich ihn darum gebeten habe."

„Und mir hat er seinen vergoldeten Mähnenkamm überlassen, weil ich meinen angeblich verloren habe", sagte Azur. „Heute Abend werde ich behaupten, ich hätte meine Fellbürste verloren. Vielleicht gibt er mir ja dann seine mit dem Rubin im Griff."

Wolke fühlte heißen Zorn in sich aufsteigen. „Sie sind so gemein", flüsterte sie.

Saphira nickte besorgt.

„Wir sollten ihn dazu bringen, dass er uns für die Ferien in seinen Palast einlädt. Das wäre richtig cool", meinte Azur.

„Ja, gute Idee!", stimmte Tiberius zu. „Wir wollen ihn gleich heute Abend fragen."

„Und wenn er uns nicht einlädt, dann drohen wir damit, dass wir dann nicht mehr seine Freunde sind“, beschloss Azur.

Tiberius kicherte. „Dann muss er uns einladen. Komm, jetzt laufen wir zur Flugheide!“

Man hörte das Geräusch von Hufen auf dem Sand, die sich entfernten.

Wolke drehte sich zu Saphira um. „Hast du gehört, was sie gesagt haben? Sie behandeln Mondstrahl so abscheulich!“

„Du hattest also recht – sie geben sich nur mit ihm ab, weil er der Prinz ist“, bestätigte Saphira.

„Wir müssen es ihm sagen!“, rief Wolke.

Sie eilten aus der Höhle und fanden Mondstrahl an dem Bach, der durch die Mondscheinwiese floss.

Als sie auf ihn zu galoppierten, wollte er davonlaufen. „Warte, Mondstrahl!“, rief Wolke. „Wir müssen mit dir reden.“

„Es geht um Azur und Tiberius“, erklärte

Saphira. „Sie sind keine echten Freunde."

„Ihnen geht es nur um deine Geschenke. Außerdem wollen sie in deinen Palast eingeladen werden", platzte Wolke heraus.

„Wir haben sie belauscht. Sie sprachen darüber, wie sie dich dazu bringen, ihnen deine Sachen zu schenken. Und sie sagten, dass sie nur mit dir befreundet sein wollen, weil du der Prinz bist."

Mondstrahl sah sie an. „Das glaube ich nicht."

„Aber es stimmt!", rief Wolke.

Mondstrahl schüttelte den Kopf. „Nein, ich glaube, ihr seid eifersüchtig, weil sie mit mir zusammen sein wollen. Ich werde mir nicht weiter anhören, wie ihr meine neuen Freunde schlechtmacht." Er galoppierte davon.

„Mondstrahl!", rief ihm Saphira nach, aber er kam nicht zurück. „Was sollen wir jetzt tun?", fragte sie Wolke.

„Ich weiß es nicht.“ Wolke wollte gar nicht daran denken, wie gemein Azur und Tiberius ihn behandelten. Sie mussten Mondstrahl dazu bringen, ihnen zu glauben. Aber wie?

7

Der nächste Tag war ein Sonntag. Sobald Wolke in der Früh erwachte, steckte sie ihren Kopf in Saphiras Box und wieherte: „Alles Gute zum Geburtstag!"

Saphira erwachte blinzelnd. „Vielen Dank!", antwortete sie und spitzte die Ohren.

Auch Feuerschweif, Phönix und Topas, die anderen Erstklässler in ihrem Wolkenstall, wachten auf und gratulierten Saphira.

Wolke sah in Mondstrahls Box, aber er war schon weg. Wahrscheinlich bereitete er sich gerade auf das große Wettfliegen vor. ‚Hoffentlich sehe ich ihn noch vor dem Rennen', dachte sie. Trotz ihrer Auseinandersetzungen wollte sie ihm viel Glück wünschen.

„Hey, schau mal!", rief Sturmwind. Er hatte ein Päckchen vor Saphiras Box entdeckt. Es war in silbernes Papier eingewickelt. „Saphira, du hast ein Geschenk bekommen! Vermutlich wurde es von einem Elfen gebracht."

Saphira las die Karte. „Es ist von meinen Eltern und meinen Geschwistern!"

Sie streifte das Papier mit dem Huf ab. „Oh, wow!", hauchte sie. Es war ein sternförmiger, weißer Quarzanhänger an einer langen Silberkette. Saphira hob die Kette mit dem Horn hoch und ließ sie über ihren Kopf gleiten.

„Sie ist wunderschön!", rief Wolke.

Saphiras Augen glänzten. „Ich freu mich so!" Sie berührte den Anhänger mit ihren Nüstern, ihr Blick wurde ganz sehnsüchtig. „Ich wünschte, meine Familie wäre hier und

Saphira

würde eine Geburtstagsüberraschung für mich veranstalten. Aber es wird bestimmt auch so ein wunderschöner Tag."

„Das wird er ganz sicher", antwortete Wolke.

Wolke wurde allmählich nervös. Hoffentlich würde es ihr und Sturmwind gelingen, Saphiras Familie würdig zu ersetzen. Sie hatten viel geübt, aber ohne Mondstrahl war es natürlich nicht dasselbe. Eine Vorführung zu zweit war einfach nicht so toll wie zu dritt.

Nach dem Frühstück eilten sie alle zur Flugheide.

„Mondstrahl sieht so besorgt aus", sagte Saphira zu Wolke und Sturmwind.

Mondstrahl blickte unruhig in der Menge der Zuschauer umher, als ob er jemanden suchte.

„Sollen wir ihm noch Glück wünschen?", fragte Sturmwind.

Wolke nickte.

Sie flogen zu ihm hinüber.

„Hi, Mondstrahl!“, rief Wolke.

„Oh, hallo“, erwiderte Mondstrahl verlegen. Seit ihrem Streit am Vortag hatten sie nicht mehr miteinander gesprochen. „Äh, und alles Gute zum Geburtstag, Saphira.“

„Danke, und dir viel Glück.“

„Wo ist deine Glücksschärpe?“, fragte Wolke. Ihr war plötzlich aufgefallen, dass er nichts um den Hals hängen hatte.

„Tiberius hat sie sich gestern ausgeliehen“, gab Mondstrahl zu. „Er hat versprochen, sie vor dem Wettfliegen zurückzubringen. Aber ich kann ihn nirgendwo finden.“ Es war ihm offensichtlich peinlich. „Ich weiß, dass das nur ein paar zusammengeknotete Bänder sind, aber trotzdem …“

„Es ist dein Glücksbringer.“ Wolke verstand ihn sofort.

Mondstrahl nickte kläglich. „Ohne ihn mag ich nicht zum Wettfliegen."

„Wir könnten losziehen und Tiberius für dich suchen. Und dann fordern wir die Schärpe zurück", schlug Sturmwind vor.

„Würdet ihr das tun?", fragte Mondstrahl.

„Natürlich", erwiderte Sturmwind. Wolke und Saphira nickten.

„Oh, vielen Dank!", sagte Mondstrahl.

Wolke lächelte. Sie war glücklich, dass sie alle wieder normal miteinander redeten. „Los, gehen wir!", rief sie den anderen zu.

Als sie sich umwandten, entdeckte Mondstrahl, dass Tiberius und Azur über die Heide spazierten. „Seht nur, sie sind da und haben den Glücksbringer gebracht!"

Zu viert trabten sie zu den beiden älteren Einhörnern hinüber. Aber die Schärpe war nirgendwo zu sehen. Mondstrahl fragte sie: „Wo ist meine Schärpe?"

Tiberius sah ihn verwundert an. „Welche Schärpe?“

„Meine Glücksschärpe, aus drei Bändern zusammengeflochten“, rief Mondstrahl.

„Ach, das alte Ding“, sagte Tiberius verächtlich.

„Ich brauche sie unbedingt für das Wettfliegen.“

Tiberius und Azur sahen sich an. „Oh, ich fürchte, wir haben sie zerrissen“, gestand Azur.

„Zerrissen?“, wiederholte Mondstrahl.

„Ja, wir haben Fangen gespielt, und ich hab sie mit den Zähnen erwischt“, erklärte Azur gleichgültig. „Aber es war doch nur ein schäbiges altes Ding.“

Saphira schnappte nach Luft.

„Das stimmt nicht! Es war seine Glücksschärpe. Seine Mutter hat sie gemacht!“, rief Wolke.

„Tja, sie kann ihm sicherlich eine neue kaufen. Oder einer der Elfen im Palast macht ihm eine neue“, schlug Tiberius vor.

„Das ist doch nicht dasselbe“, sagte Mondstrahl.

„Und Mondstrahl braucht sie heute!“, ergänzte Sturmwind.

„Wo ist die Schärpe jetzt?“, fragte Wolke. Vielleicht konnte sie die Bänder noch schnell holen und flicken.

Azur zuckte mit der Schulter. „Wir haben sie in die Tonne geschmissen.“

Mondstrahl schnappte nach Luft. „In die Tonne?“

„Reg dich ab, Mondstrahl!“, meinte Azur gelassen. „Es waren doch nur ein paar blöde Bänder.“

Wolke kochte vor Wut. Plötzlich war es ihr ganz egal, dass Azur und Tiberius viel älter waren. Sie stampfte mit dem Huf auf. „Ihr seid schrecklich!", rief sie. „Die Schärpe war ihm wichtig. Wenn ihr wirklich seine Freunde seid, dann hättet ihr das wissen müssen. Aber das seid ihr nicht, oder? Ihr tut nur so!"

Saphira nickte energisch. „Wir haben gestern gehört, wie ihr gesagt habt, dass ihr von Mondstrahl Sachen bekommen wollt. Und dass ihr nur mit ihm befreundet seid, weil er der Prinz ist!"

Mondstrahl trat auf die beiden zu. „Das stimmt doch nicht, oder?"

„Natürlich nicht", sagte Azur. Aber sie konnte Mondstrahl nicht in die Augen sehen.

„Aber es stimmt wirklich!", rief Saphira.

Tiberius sah Mondstrahl herausfordernd an. „Wem glaubst du jetzt – uns oder denen?"

Mondstrahl zögerte. Dann trat er plötzlich zurück und stellte sich neben Wolke, Saphira und Sturmwind.

„Ich glaube ihnen“, sagte er bestimmt.

Wolke wurde von Erleichterung überwältigt. Begeistert rieb sie ihre Schnauze an Mondstrahl.

Tiberius war empört. „Dann kannst du aber nicht mehr mit uns zusammen sein!“

Mondstrahl hob sein Haupt. „Das will ich auch gar nicht. Ich möchte mit euch überhaupt nicht mehr befreundet sein. Ich bitte euch, mir alle Sachen zurückzugeben. Und in den Ferien kommt ihr selbstverständlich nicht zu mir in den Palast.“

„Aber du hast uns eingeladen“, protestierte Azur.

„Gut, dann hab ich euch jetzt wieder ausgeladen“, sagte Mondstrahl. „Kommt, gehen wir!“ Er drehte sich um und galoppierte davon.

„Aber … aber …“, stammelte Azur. Sie und Tiberius sahen sich an.

„Man sieht sich!“ Wolke grinste sie an und galoppierte den anderen hinterher.

Mondstrahl blieb am anderen Ende der Heide stehen.

„Du warst großartig!“, rief Sturmwind.

Wolke stupste ihn begeistert an. „Du warst so cool!“

„Seid ihr immer noch meine Freunde?“, fragte Mondstrahl besorgt.

„Natürlich sind wir noch deine Freunde“, erwiderte Saphira, und Sturmwind nickte.

„Aber keine Geheimnisse mehr“, forderte Wolke.

Mondstrahl nickte. „Einverstanden. Ich hätte euch das alles schon viel früher erzählen sollen.“ Er seufzte. „Es tut mir wirklich leid. Außerdem bedauere ich so sehr, dass ich mich die ganze Woche mit Azur und Tiberius abgegeben habe. Ich hatte ein schlechtes Gewissen, dass ich euch nicht die

Wahrheit gesagt hatte. Und Azur und Tiberius waren anfangs wirklich nett zu mir. Da schien es einfacher, mit ihnen zusammen zu sein." Er sah sie alle an. „Hättet ihr stattdessen Lust, die nächsten Ferien bei mir im Palast zu verbringen?"

„Oh, ja!", riefen alle begeistert.

In diesem Moment erklang das große Horn. „Alle Teilnehmer zu mir!", rief Atlas.

Mondstrahl war besorgt. „Oh nein! Jetzt beginnt das Wettfliegen. Wie soll ich ohne meinen Glücksbringer mitmachen?"

„Mondstrahl, es liegt nicht an dem Glücksbringer, ob du gut bist. Du kannst wirklich sehr schnell fliegen. Auch ohne deine Schärpe!", redete Wolke auf ihn ein.

„Du hast diese Woche so viel trainiert. Du bist in Topform", beruhigte ihn Sturmwind.

Mondstrahl war immer noch unsicher.

„Komm her", sagte Saphira sanft. Sie ließ

ihre neue Halskette heruntergleiten und fing sie mit ihrem silbernen Horn auf. „Ich habe sie heute von meinen Eltern zum Geburtstag bekommen. Es ist zwar nicht deine Schärpe, aber für mich ist die Kette etwas ganz Besonderes. Vielleicht kann auch sie dir Glück bringen."

Mondstrahl starrte sie an. „Ich darf sie wirklich tragen?"

Saphira nickte. „Aber natürlich."

Vorsichtig hängte sie ihm die Kette um.

„Danke schön", hauchte Mondstrahl und berührte den Anhänger mit den Nüstern. „Ganz vielen Dank!", sagte er und sah sie alle mit glänzenden Augen an. „Ihr seid die allerbesten Freunde!"

„Wenn du nicht aufpasst, verpasst du noch das Wettfliegen", erinnerte ihn Wolke.

„Dann geh ich jetzt besser", keuchte Mondstrahl.

„Viel Glück!“, wieherten ihm Saphira, Sturmwind und Wolke hinterher, als er davongaloppierte.

8

Alle Einhörner, die sich für das Wettfliegen qualifiziert hatten, stellten sich am Start auf. Die komplette Schule hatte sich versammelt, um zuzusehen. Das Trihorn stand hinter einem Tisch, auf dem vier Medaillen lagen. Wolke, Sturmwind und Saphira beobachteten das Ganze von der Ziellinie aus.

„Viel Glück, Mondstrahl!“, wieherte Wolke, als der Oberelf langsam das Horn zum Signal hob. Die Einhörner am Start tänzelten aufgeregt und schubsten sich gegenseitig. Es waren die zwölf Schnellsten der Schule: Jupiter, Azur, Tiberius, Silberschweif, Sonnenstrahl, Neptun, Oriel, Mondglanz, Perle,

Apollo, Hera und Mondstrahl. Und sie konnten es gar nicht mehr erwarten.

Der Elf wartete einen Moment, dann blies er das Signal. Die goldene Kette fiel, und die Einhörner schossen nach oben. Alle Zuschauer brachen in Jubel aus. Das Wettfliegen hatte begonnen!

Wolke, Saphira und Sturmwind sprangen auf und ab und wieherten wieder und wieder Mondstrahls Namen. Die zwölf Einhörner galoppierten über den blauen Himmel. Sie mussten zuerst um einen Baum Richtung Osten fliegen, dann um einen Baum nach Westen, und anschließend ging es auf die Zielgerade zu.

Als sie den zweiten Baum umrundeten, war Jupiter in Führung. Hinter ihm kamen Silberschweif, Neptun und Sonnenstrahl. Dahinter lieferten sich Azur und Tiberius ein Kopf-an-Kopf-Rennen. Mondstrahl war dicht hinter ihnen. Er war zwar kleiner als die anderen, aber sein Gesichtsausdruck zeigte wilde Entschlossenheit.

„Mondstrahl überholt Azur und Tiberius!", wieherte Sturmwind, als Mondstrahl vorpreschte.

„Super, Mondstrahl!“, kreischte Wolke begeistert, als Tiberius und Azur überrascht zurückfielen. Jetzt waren nur noch vier Einhörner vor Mondstrahl, aber sie näherten sich alle rasch der Ziellinie. Jetzt überholte er Silberschweif und verringerte den Abstand zu den anderen dreien. Mit jedem Schritt holte er ein paar Zentimeter auf.

„Schneller, Mondstrahl!“, feuerte Saphira ihn an.

„Du hast es gleich geschafft!“, wieherte Wolke.

Als ob er sie gehört hätte, strengte sich Mondstrahl noch mehr an. Er jagte weiter, aber schon war die Ziellinie da. Jupiter überquerte sie als Erster, gefolgt von Sonnenstrahl und Neptun. Mondstrahl war nur eine Haaresbreite hinter ihnen.

„Er ist Vierter!“, keuchte Saphira.

„Das war große Klasse!“, rief Sturmwind.

„Ich hoffe, Mondstrahl sieht das auch so", meinte Wolke besorgt. „Ihr wisst ja, wie er sich das letzte Mal aufgeregt hat, als er nur Dritter wurde." Mondstrahl war neben den anderen Einhörnern gelandet. Nach der Anstrengung keuchte er. Er ließ den Kopf hängen, und seine Flanken hoben und senkten sich.

„Kommt, wir gehen zu ihm", sagte Sturmwind. Im selben Augenblick hob Mondstrahl den Kopf und trabte hinüber zu Jupiter. Obwohl er immer noch nach Luft rang, gratulierte er dem älteren Einhorn. „Du warst toll!", hörten sie ihn sagen.

Jupiter dankte ihm, und ihre Hörner berührten sich. Mondstrahl drehte sich um und beglückwünschte etwas atemlos auch Neptun und Sonnenstrahl.

Wolke war voller Stolz. ‚Gut gemacht, Mondstrahl!' Sie wusste, dass er wahrscheinlich wieder sehr enttäuscht war, weil er nicht Erster geworden ist. Aber so wie es schien, hatte er aus dem letzten Wettfliegen etwas gelernt. Sie sah schnell zu Dem Trihorn. Er beobachtete Mondstrahl lächelnd.

Mondstrahl kam zu ihnen herüber.

„Du warst super!", gratulierte ihm Wolke.

„Danke", sagte Mondstrahl. „Ich habe leider nicht gewonnen, aber ich habe mein Bestes gegeben."

„Und das ist das Wichtigste", sagte Sturmwind.

„Das stimmt nicht ganz. Das Wichtigste überhaupt sind solche Freunde wie ihr drei", erwiderte Mondstrahl. Er ließ die Kette vom Hals gleiten und gab sie Saphira vorsichtig zurück. Dann lächelte er sie der Reihe nach an: „Es gibt nichts Besseres!"

Da hörten sie das Signal. Es wurde ganz still. Das Trihorn stellte sich hinter den Tisch.

„Jetzt werden die Medaillen überreicht. Jupiter bekommt Gold, Sonnenstrahl Silber und Neptun Bronze.“ Die Zuschauer stampften mit den Hufen, als die Gewinner vortraten und ihre Medaille entgegennahmen.

„Eine Medaille ist übrig“, sprach Arturus, als die Gewinner beiseitetraten. „Das ist die Medaille für die herausragendste Leistung. Die gibt es bei jedem Wettfliegen. Atlas und ich sind uns darin einig, dass der heutige Gewinner ... Mondstrahl ist.“

„Ich?“, keuchte Mondstrahl.

Das Trihorn nickte ihm zu. „Du hast dich in deinem ersten Einhornwettfliegen sehr gut geschlagen. Als Erstklässler hast du bereits den vierten Platz belegt. Bitte komm zu mir nach vorne, hier ist deine Medaille.“

Wolke, Saphira und Sturmwind stupsten ihn liebvoll an. Mondstrahl schritt zum Tisch. Die große Freude war ihm anzusehen.

„Herzlichen Glückwunsch!“, sagte Das Trihorn feierlich.

„Vielen Dank“, stammelte Mondstrahl.

„Das hast du sehr gut gemacht“, sagte Das Trihorn leise zu ihm. „Ich meine nicht nur deinen vierten Platz, sondern auch dein Verhalten am heutigen Tag. Dein Vater wird sehr stolz auf dich sein.“ Er hängte Mondstrahl die Medaille um den Hals. Mondstrahl verneigte sich. Dann galoppierte er mit einem glücklichen Lächeln zu den anderen zurück.

„Tolle Leistung“, lobte Wolke.

„Danke. Hm – du, Wolke?“ Mondstrahl gab ihr ein Zeichen, etwas zur Seite zu gehen.

Sie folgte ihm.

„Habt ihr immer noch vor, Saphira mit einer Geburtstagsparty zu überraschen?“, fragte Mondstrahl leise.

Wolke nickte. „Willst du mitmachen?" Sie sah ihn erwartungsvoll an.

„Wenn ihr mich noch dabeihaben wollt", erwiderte Mondstrahl. „Ich weiß, dass ich nicht mit euch geübt habe. Aber ich bin diese Woche so viel geflogen, dass ich meine kleine Flugshow bestimmt hinkriege. Außerdem bekommt Saphira die Torte. Ich habe mich darum gekümmert, obwohl wir nicht mehr miteinander gesprochen haben. Meine Mutter hat sie geschickt. Sie steht in der Küche."

„Wunderbar!", rief Wolke. „Dann hol sie doch zusammen mit Sturmwind, und ich bring Saphira zum Strand. Dort treffen wir uns in einer Stunde, okay?"

Mondstrahl nickte. „Ich hänge noch etwas Partydekoration auf und lade ein paar Mitschüler zur Feier ein."

„Aber nicht Azur und Tiberius."

„Auf keinen Fall!" Mondstrahl grinste.

Wolke sah zu den beiden hinüber, die ihnen beleidigt den Rücken zukehrten.

„Ich glaube nicht, dass sie noch mit dir reden“, meinte Wolke.

„Das ist mir egal“, sagte Mondstrahl fest und schwang seinen Schweif. „Ich geh dann mal und hole die Torte.“

„Wir sehen uns am Strand!“

Mondstrahl nickte. „Das wird die allertollste Geburtstags-Überraschungsparty!“

Wolke lenkte Saphira ab. So bestand sie erst darauf, in den Stall zu gehen. Dann wollte sie auf die Mondscheinwiese zum Grasen. Saphira begleitete sie geduldig. Sie fanden einen Fleck mit süßem Gras am Rand der Wiese.

Während sie grasten war Saphira auffallend still.

„Ist alles in Ordnung?“, fragte Wolke.

Saphira nickte. „Ich fühle mich nur ein bisschen seltsam. Gar nicht so, als ob ich heute Geburtstag hätte." Sie berührte ihren Anhänger mit den Nüstern. „Ich freue mich sehr über mein Geschenk. Aber ein Geburtstag ohne Party ist einfach komisch."

„Echt?"

Saphira nickte.

Wolke lächelte sie an. „Wir könnten doch zum Strand gehen."

„Na gut." Saphira zuckte mit den Schultern.

Sie wandten sich zum Ufer. Als sie auf den weißen Sand zugingen, sah Wolke eine Gruppe von Einhörnern, die sich in der Nähe der geheimen Höhle versammelt hatte. Von den Felsen hingen silberne und goldene Luftschlangen herab. Auf einem großen, flachen Stein stand eine riesige Torte mit weißem und rosafarbenem Zuckerguss. Sie war fast so groß wie Wolke.

„Was ist denn hier los?“, fragte Saphira entgeistert.

„Überraschung“, wieherten Wolke und die anderen voller Vorfreude.

Und da kamen Sturmwind und Mondstrahl herbeigaloppiert. „Alles Gute zum Geburtstag, Saphira!“, riefen sie.

„Ist das eine Party? Für mich?“, stammelte Saphira.

Wolke, Sturmwind und Mondstrahl nickten. „Und nicht nur irgendeine Party, sondern eine mit Zaubertricks und Geburtstagstorte. Also los!“

Sie trabten zu den anderen. Feuerschweif, Phönix und Topas standen da. Und auch Saphiras Freunde Mondlicht, Rubin und Koralle waren gekommen. Sie umringten Saphira, gratulierten ihr und überreichten kleine Geschenke: Glücksbringer, geflochtene Bändchen und Rosenquarzstückchen.

„Jetzt geht's los!", verkündete Wolke.

Zusammen mit Mondstrahl trat sie vor. Sturmwind ging neben einem kleinen Teich in Position. Wolke winkte mit ihrem Horn, und ein Strahl von glitzernden roten Sternen strömte heraus. Gleichzeitig färbte Sturmwind das Wasser im Teich rot. Mondstrahl galoppierte in die Lüfte hinauf und flog hoch über ihren Köpfen. Dann ließ er sich fallen und schrieb ein „H" in den Himmel, danach im Aufwärtssteigen ein „E". Gleichzeitig zauberte Wolke goldene Sterne herbei, und auch Sturmwinds Wasser wurde golden. Die anderen Einhörner begannen zu jubeln, als die drei Freunde ‚Herzlichen Glückwunsch zum Geburtstag, Saphira!' in allen Farben des Regenbogens buchstabierten.

Mondstrahl beendete seine Flugshow mit einem Sturzflug. Abschließend gelang ihm eine perfekte Landung direkt vor Saphira.

Herzlichen Glückwunsch zum Geburtstag
Saphira

Saphira war sprachlos vor Freude. „Oh, vielen Dank!“, stammelte sie.

Wolke und Sturmwind galoppierten zu ihr. „Hat es dir gefallen?“, fragte Wolke eifrig.

„Es war ganz toll!“, antwortete Saphira. „Mein Geburtstag zu Hause war immer wunderschön. Aber das hier ist die tollste Geburtstagsparty, die ich jemals hatte!“ Mit ihrem Horn berührte sie sanft die anderen. „Tausend Dank!“

„Dann essen wir jetzt die Torte“, rief Mondstrahl.

Alle versammelten sich um den unglaublich großen Kuchen.

Wolke blieb noch einen Augenblick zurück. Das Meer wogte über den weißen Sand, und hinter ihnen glitzerten die Klippen aus Rosenquarz in der Sonne. Glücklich warf Wolke ihre Mähne zurück. Es war wunderbar, mit all ihren Freunden hier zu sein.

Sie fragte sich, was sie als Nächstes erleben würden.

‚Ich weiß nicht, was uns noch alles erwartet', dachte sie. ‚Aber es wird bestimmt ein Riesenspaß.'

... und so geht es weiter:

Leseprobe

„Oh wow!“ Wolke starrte den neuesten Aushang am Schwarzen Brett der Schule an. In großen violetten Buchstaben stand dort geschrieben: WINTER-SCHNITZELJAGD! Schnell las sie weiter:

WINTER- SCHNITZELJAGD!
Diesen Samstag veranstaltet die Schule eine Schnitzeljagd. Beginn ist um 10 Uhr. Alle Einhornschüler dürfen in Viererteams daran teilnehmen. Die Hinweise werden von den Lehrern in ganz Arkadia versteckt. Jedes Team muss sechs Rätsel lösen, die sie zu sechs Gegenständen führen werden. Das erste Team, das mit allen sechs Gegenständen zurückkehrt, gewinnt Klee fürs ganze Schuljahr! Alle Teams, die teilnehmen möch-

ten, müssen bis Freitag die Anmeldung beim Oberelf abgeben.

Wolke schnaubte aufgeregt. Eine Schnitzeljagd! Sie konnte es kaum erwarten, ihren besten Freunden Saphira, Sturmwind und Mondstrahl davon zu erzählen. Sie war sich ganz sicher, dass sie mitmachen wollten! ‚Wir könnten ein Team bilden', dachte sie. ‚Das wird ein Riesenspaß!'

Sie lief über den großen Platz hinüber zur Mondscheinwiese, wo sie ihre Freunde zuletzt gesehen hatte.

Wolke entdeckte sie in der Nähe der großen Eichen.

„Hallo, Wolke!", rief ihr Saphira zu, als sie zu ihnen galoppierte. „Wo hast du denn gesteckt?"

„Ich war beim Schwarzen Brett. Du errätst nie, was dort steht!", rief Wolke.

„Was denn?“, fragte Mondstrahl neugierig.

„Es gibt eine Schnitzeljagd!“ Wolkes Augen funkelten. „Das ist so toll! Sie findet nächsten Samstag statt und man muss zu viert sein.“

„Wir könnten ein Team bilden“, schlug Sturmwind vor.

„Ich hab schon mal gehört, dass es an der Schule Schnitzeljagden gibt“, erinnerte sich Mondstrahl. „Sie werden veranstaltet, damit wir die verschiedenen Teile von Arkadia kennen lernen.“

„Stand auf der Ankündigung auch, was man gewinnen kann?“, fragte Sturmwind.

„Klee fürs ganze Schuljahr!“, berichtete Wolke.

Ihre Freunde wieherten aufgeregt. Klee war ihr absolutes Lieblingsessen. In seinen Blättern steckte Zauberkraft und er schmeckte süß und prickelnd.

„Hoffentlich gewinnen wir!“, rief Sturmwind.

„Das hoffe ich auch. Aber selbst wenn wir nicht gewinnen, wird es toll sein, dabei zu sein“, meinte Saphira.

Sturmwind und Wolke nickten, aber Mondstrahl schüttelte den Kopf. „Ich will nicht nur dabei sein. Ich will gewinnen!“

Wolke grinste ihn an: „Du willst doch immer Erster sein, Mondstrahl!“

„Ja. Gewinnen macht einfach Spaß“, erwiderte Mondstrahl. „Wir fangen am besten gleich mit dem Üben an!“

Sternenschweif

Linda Chapman
Mondscheinzauber
ISBN 978-3-440-10808-6

Linda Chapman
Magischer Sternenregen
ISBN 978-3-440-11121-5

Linda Chapman
Der goldene Schlüssel
ISBN 978-3-440-11122-2

Wenn Laura im Schutz der Dunkelheit die magischen Worte spricht, verwandelt sich ihr Pony Sternenschweif in ein strahlendes Einhorn. Dann können die beiden sogar durch die Luft galoppieren! Welche verborgenen Zauberkräfte mag Sternenschweif noch besitzen?

In der Reihe sind außerdem erschienen:

- Geheimnisvolle Verwandlung ISBN 978-3-440-09901-8
- Sprung in die Nacht ISBN 978-3-440-09900-1
- Der steinerne Spiegel ISBN 978-3-440-09987-2
- Lauras Zauberritt ISBN 978-3-440-09986-5
- Sternenschweifs Geheimnis ISBN 978-3-440-10169-8
- Freunde im Zauberreich ISBN 978-3-440-10238-1
- Nacht der 1000 Sterne ISBN 978-3-440-10339-5
- Die Macht des Einhorns ISBN 978-3-440-10385-2
- Flug durch die Nacht ISBN 978-3-440-10610-5
- Geheimnisvolles Fohlen ISBN 978-3-440-10611-2
- Spuren im Zauberwald ISBN 978-3-440-10771-3

Jeder Band mit: 128 Seiten
Je € 7,95; €/A 8,20; sFr 15,30
Preisänderung vorbehalten

www.kosmos.de

KOSMOS